20 Décembre 1907

marqué p

VENTE DU VENDREDI 20 DÉCEMBRE 1907

HOTEL DROUOT, Salle n° 10, à 2 heures précises

Collection de feu M. A. L.

(DEUXIÈME VENTE)

FAIENCES ET PORCELAINES

ANCIENNES

TABLEAUX ANCIENS

Objets de Vitrine du XVIIIe siècle

Miniatures, Boîtes, Tabatières, Étuis-Souvenirs, etc.

OBJETS DIVERS

MEUBLES ANCIENS — SIÈGES

COMMISSAIRE-PRISEUR	EXPERTS
Me MAURICE DELESTRE	MM. PAULME et B. LASQUIN FILS
5, rue Saint-Georges, 5	10, rue Chauchat | 12, rue Laffitte

EXPOSITION PARTICULIÈRE

Chez MM. Em. PAUL et fils & GUILLEMIN

Libraires de la Bibliothèque Nationale, 28, rue des Bons-Enfants

Les Lundi 16 et Mardi 17 Décembre, de 2 heures à 5 heures

EXPOSITION PUBLIQUE

Hôtel Drouot, Salle n° 10, le Jeudi 19 Décembre, de 1 h. 1/2 à 5 h. 1/2

Collection de feu M. A. L.

CATALOGUE

DES

Faïences et Porcelaines anciennes

DE MARSEILLE, MOUSTIERS, ITALIE, SCEAUX,
ET DE LA CHINE, DES INDES, DE LOCREY, LOUISBOURG, PARIS, SAXE

Porcelaines tendres de Mennecy, Sceaux, Venise

TABLEAUX ANCIENS

Objets de Vitrine du XVIIIe Siècle

Miniatures, Boîtes, Tabatières, Étuis-Souvenirs, etc., Objets divers

MEUBLES ANCIENS — SIÈGES

Bureau en marqueterie Époque Louis XV

DONT LA DEUXIÈME VENTE AURA LIEU

HOTEL DROUOT, SALLE N° 10

Le Vendredi 20 Décembre 1907, à 2 heures précises

COMMISSAIRE-PRISEUR	EXPERTS
Me MAURICE DELESTRE	**MM. PAULME et B. LASQUIN FILS**
5, rue Saint-Georges, 5	10, rue Chauchat | 12, rue Laffitte

Chez lesquels se trouve le présent Catalogue

EXPOSITION PARTICULIÈRE

Chez MM. Em. PAUL et fils & GUILLEMIN

Libraires de la Bibliothèque Nationale, 28, rue des Bons-Enfants

Les Lundi 16 et Mardi 17 Décembre, de 2 heures à 5 heures

EXPOSITION PUBLIQUE

Hôtel Drouot, Salle n° 10, le Jeudi 19 Décembre, de 1 h. 1/2 à 5 h. 1/2

CONDITIONS DE LA VENTE

Elle sera faite au comptant.

Les adjudicataires paieront *dix pour cent* en sus des enchères.

Paris.— Imp. de l'Art, Ch. Berger et Cie, 41, rue de la Victoire.

DÉSIGNATION

FAIENCES ANCIENNES

1 — Marseille. Paire de petits plats creux de forme ronde, à bords contournés, décor de fleurs en couleur.

2 — Marseille. Paire de petits plats ovales, décorés de fleurs des champs en couleur.

3 — Marseille. Soupière de forme rectangulaire avec couvercle à gorge ajourée, anses formes de grecques et quatre pieds rocailles, décor de fleurs en couleur.

4 — Marseille. Corbeille de forme ovale et ajourée, simulant la vannerie, décor, intérieur et extérieur, de fleurettes en couleur.

5 — Marseille. Porte-huilier formé de deux compartiments de forme lobée, séparés par une poule couchée décorée au naturel, les côtés ornés de rocailles et fleurs en couleur.

Pièce curieuse de Honoré Savy.

6 — Marseille. Petit plat rond à bord contourné, décoré de fleurs et papillon en couleur.

7 — Marseille. Autre corbeille plus petite, de forme ovale et ajourée, simulant la vannerie, décor extérieur à fleurettes en couleur.

8 — Marseille. Plat ovale, décor de fleurs et insectes en couleur.

9 — Marseille. Soupière avec couvercle et plateau, de forme contournée, à rocailles, décoré de feuillages en couleur et relief formant anse du plateau.

10 — Italie. Compotier à piédouche, décor en couleur; au centre médaillon, sujet mythologique entouré d'arabesques.

11 — Moustiers. Soulier, décoré de guirlandes de fleurs et médaillon sur le dessus, sujet représentant Amphitrite; à l'intérieur,. Bacchus sur un tonneau avec inscription datée 1751.

12 — Midi. Couvercle de fontaine formé d'une figure de Neptune sur les eaux, avec chevaux marins, décor en couleur.

13 — Moustiers. Grand plat creux ovale, décoré, au centre et au marli, d'un bouquet et de guirlande de fleurs.

14 — Sceaux. Petit légumier couvert, à anses rocailles, en faïence blanche rehaussée d'or.

15 — Sous ce numéro seront vendus un grand nombre de plats, soupière, en porcelaine, et canard en faïence, décoré moderne, imitation de Marseille, Strasbourg, etc.

PORCELAINES ANCIENNES

16 — Chine. Six assiettes, décorées en émaux de couleur ; au centre, d'un arbuste fleuri ; au marli, à bordure fond rose avec réserves et bouquets de fleurs.

17 — Chine. Neuf assiettes, décorées en émaux de couleur ; au centre, de pivoines ; au marli, d'une bordure à carrelage et pointillé sur fond vert et rouge, et lambrequin de fleurs, feuillages et grecques.

18 — Indes. Paire d'assiettes, à décor européen en grisaille, sujet galant au centre et papillons au marli.

*

19 — Indes. Porte-huilier, décoré de deux écus sons.

20 — Chine, Indes, Japon. Sept assiettes, décorées en couleur.

21 — Locrey. Moutardier avec plateau adhérent, de forme ovale et lobée, décoré de bouquets de fleurs.

22 — Locrey. Beurrier avec couvercle et plateau adhérent, de forme ovale, décoré de bouquets de fleurs; le bouton du couvercle formé d'une vache couchée.

23 — Louisbourg. Petit vase-cornet à col évasé, décoré d'un paysage avec cavaliers, bouquets et festons de fleurs en couleur, avec rehauts d'or.

24 — Louisbourg. Petit cache-pot à anses rocailles, décoré de bouquets de fleurs en couleur.

25 — Louisbourg. Paire de vases, de forme balustre, à piédouche, décorés de paysages avec animaux et personnages, lambrequins et fleurs avec rehauts d'or.

26 — Mennecy. Paire de sucriers couverts, de forme ovale, avec plateaux mobiles, en ancienne porcelaine tendre, à décor de bouquets de fleurs.

27 — Sceaux. Six pots à crème couverts, en ancienne porcelaine tendre, à décor de bouquets de fleurs en couleur.

28 — Mennecy. Paire de salières doubles en ancienne porcelaine tendre, en forme de paniers à anses, à vannerie simulée, décorées de bouquets de fleurs en couleur.

29 — Mennecy. Petit présentoir, de forme boule, en ancienne porcelaine tendre, décoré de bouquets de fleurs.

30 — Mennecy. Moutardier couvert en ancienne porcelaine tendre, en forme de tonnelet, à anse, décor à bouquets de fleurs.

31 — Mennecy. Deux pots à crème couverts en ancienne porcelaine tendre, à spirales en relief, décorés de bouquets de fleurs en couleur.

32 — Paris. Bouillon avec couvercle et présentoir, décoré de guirlandes de fleurs avec rehaut d'or. (Marque du duc d'Angoulême.)

33 — Paris. Paire de corbeilles de forme ovale et ajourées simulant la vannerie, décorées de bouquets de fleurs et rehaut d'or. (Marque à la Reine.)

34 — Paris. Deux beurriers avec plateau adhérent, à décor de bouquets de fleurs.

35 — Paris. Paire de poêlons couverts, à décor de bouquets de fleurs; manches en bois noir.

36 — Saxe. Tasse et sa soucoupe en porcelaine (marque au point), décorée de la lettre *G* formée de fleurettes.

37 — Saxe. Petit groupe allégorique de fleurs en porcelaine (marque au point), décoré en couleur.

38 — Venise. Paire d'assiettes en ancienne porcelaine, pâte tendre, décorées au centre d'un médaillon avec châteaux et au marli de festons de fleurs; bordure de rehauts d'or.

TABLEAUX

MINIATURES, BOITES, ÉTUIS

BIJOUX ANCIENS

MIÉRIS (Attribué à FRANÇOIS)

39 — *Jeune Femme et Enfant à une fenêtre enfeuillagée.*

Petit panneau.

ÉCOLE ITALIENNE (XVIIe siècle)

40 — *Ronde d'Amours.*

Toile en forme de dessus de porte.

ÉCOLE FRANÇAISE (XVIIIe siècle)

41 — *Réunion de trois personnages lisant un cahier de musique.*

Miniature de forme rectangulaire.

42 — MINIATURE rectangulaire. Quatre petits portraits, personnages de la Maison de France, médaillons ovales couronnés de guirlandes de roses, palmes, fleurs de lys, nœuds de rubans, attributs champêtres et, au centre,

blason aux armes de France et d'Autriche surmonté d'une couronne royale. Signée du monogramme *L. G. et datée 1788.*

43 — Miniature rectangulaire. Portrait de Femme, en costume décolleté, fichu de gaze à pois, et une petite miniature ovale : Portrait de Femme, ruban noir au cou, dans un petit cadre rectangulaire. XVIIIe siècle.

44 — Miniature. Portrait de Femme en buste, les cheveux courts, frisés, robe blanche décolletée, écharpe rouge sur les épaules. Médaillon ovale, cerclé d'or. Fin du XVIIIe siècle.

45 — Miniature ronde. Portrait de Jeune Femme brune, coiffée d'un bonnet d'astrakan, col blanc festonné, vêtue d'une robe de dentelle noire, signée *Oldani.* Ecrin en galuchat. Époque Empire.

46 — Miniature ronde. Portrait de Femme, en robe blanche décolletée, signé, *Dubosq, 1815.* Ecrin en galuchat.

47 — Petites miniatures ovales. Portraits de Napoléon Ier et portrait d'une reine.

48 — MINIATURE ovale, en largeur. Jeune ménagère se mirant dans le couvercle d'une marmite.

49 — MINIATURE russe, de forme ovale, dans un écrin, représentant un prince, en riche costume.

50 — MINIATURE ovale. Portrait de Vieillard.

51 — BOITE en émail, de forme rectangulaire, avec couvercle ouvrant à charnières, décorée sur toutes ses faces de paysages avec ruines, animés de personnages. XVIIIe siècle.

52 — BOITE en émail, de forme rectangulaire, à deux compartiments intérieurs, et couvercle à charnières, s'ouvrant en deux parties. Elle est entièrement ornée de bandes triées en dorure, disposées régulièrement et entrelacées de branches feuillagées et fleuries, partiellement émaillées en couleur. Monture en argent. XVIIIe siècle.

53 — BOITE en émail, de forme rectangulaire, avec couvercle ouvrant à charnières; décor simulant de la broderie motifs à losanges et pois, sur fond bleu turquoise, et bouquets de

fleurs sur chaque face réservés dans deux médaillons à fond blanc. xviiie siècle.

54 — Boite ronde en bronze, simulant une médaille avec profil de la République sur le couvercle. L'intérieur renferme sept petits jetons en argent, avec effigies de Louis XVIII, Charles X, Louis-Philippe, etc.

55 — Boite à mouche, de forme rectangulaire, en nacre avec incrustation d'or, avec glace à l'intérieur. Epoque Louis XV.

56 — Boite rectangulaire en nacre, incrustée d'or, avec miroir à l'intérieur. Epoque Louis XV.

57 — Petite boite, en forme de malle, en bronze doré et galuchat, avec chiffre sur le dessus du couvercle. Epoque Louis XVI.

58 — Boite ronde en écaille brune, ornée sur le couvercle du chiffre O.-L. entrelacés en or sur fond d'émail vert. xviiie siècle.

59 — Boite en écaille brune, de forme ronde; elle est orné sur le couvercle d'un sujet en grisaille : Offrande à l'amour, entourage de caillou du Rhin, cercle d'or. xviiie siècle.

60 — Boite, de forme ronde, en écaille brune, cerclée d'or; sur le couvercle, sujet allégorique peint à la gouache. xviiie siècle.

61 — Boite ronde en écaille brune, cerclée d'or, ornée sur le couvercle d'un sujet de mosaïque. xviiie siècle.

62 — Boite ronde en écaille brune, cerclée d'or ciselé, couvercle orné d'une miniature représentant deux femmes buvant une tasse de café; le dessous de la boîte en verre laisse voir un carrelage probablement fait de cheveux. xviiie siècle.

63 — Boite, de forme ovale, en nacre, avec monture en cuivre doré et miniature : Portrait d'Enfant sur le couvercle.

64 — Petite boite rectangulaire en argent ciselé. Époque Louis XV.

65 — Boite ronde en écaille blonde piquée d'or, avec sur le couvercle une miniature ronde: Panier et fruit sur une table. Époque Louis XVI.

66 — Petite boite ronde peinte au vernis, à quadrillage de couleur et cerclée d'or, intérieur en écaille. Epoque Louis XVI.

67 — Boite ronde peinte au vernis, à quadrillés noirs sur fond marron, avec médaillon rond sur le couvercle, représentant l'Enlèvement d'une montgolfière et inscription : *A l'Immortalité*. Époque Louis XVI.

68 — Bonbonnière ronde en écaille cerclée d'or, entièrement peinte au vernis : Paysage et Amour. Époque Louis XVI.

69 — Boite ronde en écaille, peinte au vernis, fond violet piqué d'or. Sur le couvercle, miniature : Portraitde Jeune Femme. Époque Louis XVI.

70 — Boite à fard en racine, de forme ronde, ornée, sur le couvercle ainsi que sur le dessous, de plaques circulaires en porcelaine, décorée d'un rébus et d'un buste avec les initiales : *G. T. M.*; dans des médaillons, des attributs de l'Amour ; bordures à ornements réguliers.

71 — Bonbonnière en buis, ornée sur les deux faces de miniatures : Paysages maritimes, dans le goût de J. Vernet ; cercle d'or. Intérieur en écaille. Fin du xviiie siècle.

72 — Petite boite ronde en or ciselé. Époque Louis XVI.

73 — Très petite boite à parfums, de forme contournée, en or ciselé, émaillé bleu et blanc; sur le couvercle, émail peint représentant un mouton couché; entourage de demi-perles. Epoque Louis XVI.

74 — Boite ronde en ivoire, le couvercle orné d'un dessin: Portrait d'un Général; cercle d'or. Intérieur en écaille. xviiie siècle.

75 — Boite ronde en ivoire, ornée sur le couvercle d'un médaillon ovale : Portrait d'Homme en grisaille; entourage en or. xviiie siècle.

76 — Boite ronde en ivoire avec miniature : Portrait de Femme, sur le couvercle.

77 — Petite boite ronde en ivoire cerclé d'or, avec miniature ovale sur le couvercle, représentant deux jeunes filles : l'une tient un chat, l'autre prend des pelotes de laine dans une corbeille. Époque Louis XVI.

78 — Petite boite ronde en ivoire avec miniature : Portrait de Jeune Femme sur le couvercle. Époque Louis XVI.

79 — Boite ronde en ivoire, avec paysage peint à la gouache sur le couvercle. xviiie siècle.

80 — Boite ovale en ivoire mouluré, ornée sur le couvercle d'une miniature : Portrait de Femme. Epoque Louis XVI.

81 — Boite ronde en ivoire, ornée sur le coucle d'un médaillon ovale, avec sujet en ivoire découpé : Offrande à l'amour, sur fond d'émail bleu. Époque Louis XVI.

82 — Grande tabatière, de forme rectangulaire, en écaille brune, monture en argent, avec miniature à l'intérieur du couvercle : une jeune femme chante au son d'un instrument que joue un amour.

83 — Collection de dix-huit boutons ornés de petites gouaches rondes : Paysages montagneux, animés de personnages ou animaux. Époque Louis XVI.

84 — Petite boite ronde et plate en bois de citronnier, renfermant une miniature ovale : Portrait de Jeune Femme dans le genre d'Isabey. Époque Empire.

85 — Miniature ovale. Portrait de Jeune Femme en corsage décoleté. Cadre Empire en bois, de forme rectangulaire.

86 — Étui ancien, de forme ovale, en maroquin, orné de dentelle en dorure, renfermant une grande miniature : Portrait de Mme Justine Wynne, comtesse des Ursins et de Rosenberg. XVIIIe siècle.

87 — Étui ancien en cuir, orné de dentelles en dorure, de forme octogonale ; il renferme une glace et une miniature : Portrait de Jeune Femme, par *L. Charme.* XVIIIe siècle.

88 — Étui-souvenir en ivoire, orné de deux médaillons ovales : l'un avec sujet galant, l'autre chiffre en or avec fond d'émail bleu; monture en or, avec les mots : *Souvenir d'amitié.* Époque Louis XVI.

89 — Étui-nécessaire en cuivre doré et ciselé, simulant la vannerie, avec accessoires à l'intérieur. XVIIIe siècle.

90 — Petit étui, en forme de cœur, en nacre incrusté d'or et d'argent, renfermant une pelote à épingle. Époque Louis XVI.

91 — Etui en nacre, avec incrustations d'or et d'argent, orné de deux médaillons peints à la gouache et porte les mots: *Souvenir d'amitié;* à tablette en ivoire à l'intérieur. Époque Louis XVI.

92 — Autre étui en nacre, avec incrustation d'or et d'argent, portant les mots : *Souvenir d'amitié.*

93 — Étui-nécessaire en galuchat, orné de motifs en argent; à l'intérieur, ustensiles en argent. Époque Louis XV.

94 — Petit étui en galuchat, orné de motif en en argent; il renferme un flacon. Époque Louis XV.

95 — Étui en galuchat, renfermant deux couteaux, une fourchette et une cuillère en argent, monture en nacre. xviiie siècle.

96 — Étui en galuchat, renfermant deux couteaux dont un avec lame en argent. xviiie siècle.

97 — Écrin en maroquin, renfermant une balance de poche. xviiie siècle.

98 — Montre, de l'époque Louis XVI, en or, ornée au revers d'une couronne en marcassite.

99 — Bague en or, avec motif *Montgolfière*, pavée de roses. XVIIIe siècle. Écrin en galuchat.

100 — Épingle de cravate en or, ornée d'une miniature : Profil d'homme à l'antique, simulant un camée. XVIIIe siècle.

101 — Bague en or, avec miniature : Jeune Femme déposant une guirlande de roses sur un autel sur lequel on lit : *Souvenir éternel.* XVIIIe siècle.

102 — Bague ancienne en or, dessin à feuillages ornés de roses, pierres de couleur et d'un mascaron.

MEUBLES ET SIÈGES

103 — Table en bois sculpté doré, à quatre pieds volutes reliés par un croisillon. Epoque Louis XIV.

104 — Deux supports en bois sculpté peint et doré, formés chacun d'une statuette de femme reposant sur une base à trépied à griffes. Époque Louis XIV.

105 — Bureau plat à quatre faces, de forme contournée, en bois de placage, ouvrant à cinq tiroirs ; il est orné de poignées, chutes, sabots et autres ornements en bronze. Époque Louis XV. Long., 2 mètres; larg., 95 cent.

106 — Petite table à ouvrage, de forme ronde, à trois pieds cambrés, avec tablette d'entre-jambe en marqueterie de bois à fleurs et trophée de musique sur le dessus, porte à coulisse dissimulant trois tiroirs, galerie de cuivre ajouré, porte l'estampille de *Peridiez*, Maître ébéniste. Époque Louis XVI.

107 — Petit modèle de fauteuil en bois sculpté doré, couvert de soie rouge brochée à fleurs. Style Régence.

108 — Tabouret en bois sculpté doré, couvert de soie verte brochée à fleurs. Style Régence.

109 — Glace en bois sculpté doré, fronton avec figure de Diane et deux chiens dans des rinceaux de feuillages. Époque Régence.

OBJETS DIVERS

EMAUX, IVOIRES, OBJETS EN ARGENT, BRONZES, ETC.

110 — Deux pommes de canne en argent ciselé, une à buste de femme et guirlandes de fleurs.

111 — Pomme de canne en argent ciselé, avec médaillon : Tête de femme enguirlandée. Époque Louis XVI.

112 — Très petite buire, de forme hexagonale, avec son plateau en argent et plaque de lapis lazuli.

113 — Petit vase couvert, de forme godronnée, en cristal de roche, avec monture en argent doré et émaillé ; pied formé d'un Amour se chauffant les mains.

114 — Coupe en argent ciselé, avec pied formé d'une naïade, anse formée d'un oiseau.

115 — Plaque rectangulaire en émail de Limoges, représentant la Vierge et le Saint-Esprit en grisaille, avec rehauts d'or et l'ins-

cription : *Ecce. Ancilla. Domini.* Cadre en bois sculpté. XVIIe siècle.

116 — PETIT ÉMAIL : Portrait d'un Pape tenant un livre ouvert. Cadre rectangulaire en argent. Revers : croix et bannières gravées.

117 — SEPT SCEAUX ou médailles en bronze ou cire.

118 — TROIS RAPES A TABAC en ivoire sculpté, ornées de figures de femmes et enfants. XVIIIe siècle. (Seront divisées.)

119 — DEUX RAPES A TABAC, une en marqueterie de paille de couleurs, avec l'inscription : *Inséparables*; l'autre, en buis sculpté, ayant la forme d'un chien couché.

120 — SALIÈRE DOUBLE en ancien émail de Bathersea, décor fond bleu, à quatre réserves de paysages en couleur, rehaussé de rinceaux en dorure.

121 — HUILIER et ses burettes en verre taillé et doré. XVIIIe siècle.

122 — Trois netskés en ivoire et buis. Travail japonais.

123 — Plaque rectangulaire en bronze doré, repoussé et ciselé, représentant l'Ascension du Christ. Cadre en écaille rouge. Époque Louis XIII.

SUPPLÉMENT AU CATALOGUE

ORFÈVRERIE ANCIENNE D'ÉGLISE

MÉDAILLES EN BRONZE

IVOIRES ET CUIR CISELÉS ANCIENS

Le tout appartenant à M. ***

DONT LA VENTE AURA LIEU

HOTEL DROUOT, SALLE N° 11

Le Vendredi 20 Décembre 1907, à deux heures

COMMISSAIRE-PRISEUR	EXPERTS
Me MAURICE DELESTRE	MM. PAULME et B. LASQUIN FILS
5, rue Saint-Georges, 5	10, rue Chauchat | 12, rue Laffitte

EXPOSITION PARTICULIÈRE

Chez MM. Em. PAUL et fils & GUILLEMIN

Libraires de la Bibliothèque Nationale, 28, rue des Bons-Enfants

Les Lundi 16 et Mardi 17 Décembre, de 2 heures à 5 heures

EXPOSITION PUBLIQUE

Hôtel Drouot, Salle n° 10, le Jeudi 19 Décembre, de 1 h. 1/2 à 5 h. 1/2

DÉSIGNATION

124 — Paire de flambeaux en bronze argenté, gravé et ciselé. Époque Louis XV.

125 — Deux étuis en cuir ciselé du xvie siècle, dont un de pyxide et l'autre renfermant des ciseaux.

126 — Plaque ovale en ivoire sculpté, représentant Jupiter dans un encadrement de rinceaux. xvie siècle.

127 — Vierge et Enfant Jésus. Petit bas-relief en ivoire sculpté. xvie siècle.

128 — Plaque rectangulaire en argent repoussé. Sujet mythologique. xviie siècle.

129 — Calice avec plateau en argent repoussé et ciselé, de l'époque Louis XVI.

130 — Ciboire, en partie cuivre doré et argent repoussé et ciselé, le couvercle à godrons en relief, surmonté d'une couronne avec croix. xviiie siècle.

131 — Trois plaques rondes en bronze repoussé, cisélé et patiné, dont deux représentant la prise d'une ville fortifiée, la troisième, l'entrée dans l'Arche de Noé.

132 — Deux plaques rondes en bronze repoussé, ciselé et patiné : Enfants bacchants et Vénus sur les eaux. xviiie siècle.

133 — Plaques en bronze repoussé, ciselé et patiné ; l'une, ronde : Eliézer et Rébecca ; l'autre, en forme de boucle : Vénus sur les eaux. xviiie siècle.

Paris.—Imp. de l'Art, Ch. Berger et Cie, 41, r. de la Victoire

www.ingramcontent.com/pod-product-compliance
Ingram Content Group UK Ltd.
Pitfield, Milton Keynes, MK11 3LW, UK
UKHW020524180726
13839UKWH00005B/2298

9 782329 448367